CONCOURS

POUR LE PRIX

DÉCERNÉ A LA MEILLEURE COMPOSITION EN VERS FRANÇAIS

SUR

Joseph Marie JACQUARD,

Mécanicien Lyonnais.

RAPPORT

de la Commission composée de

MM. Sauzet, président, de Montherot, Eichhoff, de Boissieu et Victor de Laprade, Commission à laquelle s'est adjoint M. Fraisse, secrétaire-général de la classe des Lettres ;

Lu, dans la séance publique du 21 juin 1853,

PAR

M. Victor de LAPRADE,

RAPPORTEUR.

Messieurs ,

La pensée d'appeler la poésie à honorer la mémoire de Jacquard, appartient à l'un de vos plus chers associés dont vous déplorez la mort récente, et qui s'est distingué à la fois par ses propres travaux et par de généreux encouragements offerts aux lettres, aux sciences et à l'industrie. La médaille d'or de mille francs que vous avez à décerner à l'auteur de la meilleure composition en vers sur l'illustre mécanicien lyon-

nais, est un don de M. Matthieu de Bonafous. Nous ne saurions
rendre un plus digne hommage au souvenir de notre éminent
confrère, que d'inscrire ici les paroles mêmes par lesquelles
il vous a fait connaître ses nobles intentions :

« Le 7 juillet 1852, vous écrivait M. de Bonafous, il y aura
un siècle que Lyon a vu naître dans son sein celui de ses enfants
qui a le plus contribué au perfectionnement de la plus belle
de ses industries. Je veux parler de Jacquard, *homme de bien
et de génie*, dont le nom est devenu une des premières gloires
de sa ville natale. Déjà une statue a été élevée à sa mémoire,
et plusieurs remarquables écrits ont signalé la vie et les travaux
de l'immortel ouvrier. Mais la poésie, à son tour, la poésie,
dont le langage est plus durable que le bronze, ne doit-elle
pas associer solennellement sa voix à celle des orateurs qui
ont payé un légitime hommage au mérite de l'illustre Lyon-
nais ? »

Les honneurs d'un éloge en vers et surtout la solennité d'un
concours académique, c'est là, en effet, la plus glorieuse consécration que puisse recevoir un nom illustre. Avant notre
siècle, l'héroïsme, la sainteté, le génie créateur dans l'ordre
moral, avaient seuls le privilége d'être ainsi présentés à la vénération publique, par la statuaire et par la poésie.

Vous n'avez pas cessé de croire, Messieurs, que les noms les
plus dignes d'honneur sont ceux des hommes dont le mérite
a éclaté dans la pratique de la vertu, des sciences morales et
du dévouement. Vous savez que les grands bienfaiteurs de
l'humanité sont, avant tout, ceux qui lui ont révélé un idéal
plus complet dans le bien et dans le beau, ceux qui ont
éclairé d'une lumière plus pure les régions du monde moral.
Ceux-là restent les véritables créateurs de la civilisation, qui
ont appris à l'homme quelque chose d'ignoré sur notre âme
et sur Dieu, ceux, en un mot, dont on peut dire qu'ils ont été
les inventeurs d'une beauté, d'une vertu nouvelle.

Notre génération a imaginé le titre d'hommes utiles , de connaissances utiles, pour les hommes dont l'esprit se dirige vers les améliorations matérielles, pour les connaissances dont le résultat immédiat est l'accroissement de la richesse et du bien-être. C'est là, Messieurs, un abus de mot, ou une déviation du sens moral qui n'attribuerait, ainsi, de valeur réelle, qu'aux choses qui peuvent satisfaire les besoins du corps ou flatter ses voluptés. Appliquer, avec affectation et par système, le nom d'hommes utiles à ceux qui se sont signalés dans l'ordre mécanique et dans l'économie industrielle , c'est exclure de cette glorieuse appellation les philosophes et les poètes, les héros et les saints. A ce compte, Corneille et Bossuet, Bayard et saint Vincent-de-Paul, furent des hommes inutiles, car ils n'ont pas légué au monde un seul outil nouveau , un seul procédé pour le perfectionnement du vivre et du couvert, ces deux utilités premières de la vie humaine : ils n'ont créé que de grandes pensées et de nobles émotions, et n'ont légué à la postérité que des vérités sublimes et de beaux exemples. Ce monstrueux dédain pour ce qui fait la véritable grandeur de l'homme, si nous allions bien au fond des choses, nous le trouverions peut-être caché sous ce culte retentissant qu'a voué notre siècle aux applications industrielles, à ce qu'on appelle le triomphe de l'homme sur la nature. Vous, Messieurs, à qui rien n'est étranger de ce qui peut sainement être appelé utile, vous savez comprendre et admirer, dans toutes les sphères, tout ce qui sert efficacement la société. Mais vous savez aussi mesurer vos sympathies aux divers degrés du génie et de la vertu.

Quand vous avez adopté la pensée de votre confrère M. Matthieu de Bonafous, et consenti à placer une couronne de poésie sur l'image de l'ouvrier célèbre qui a déjà obtenu les honneurs du bronze et de la place publique, ce n'est pas une concession que vous avez faite à de vulgaires engouements. La grandeur des bienfaits dus à l'invention de Jacquard, les éminentes vertus morales du bienfaiteur, justifient assez, dans la ville qui a le plus profité de sa découverte, cet appel fait au sculpteur et au poète en faveur de l'illustre mécanicien. C'est à la fois un mérite de reconnaissance et un signe de prospérité pour la ville de Lyon, d'avoir élevé déjà sur un piédestal le héros de ses fabriques, à une époque qui, malgré la prodigalité du marbre et de l'airain, laisse encore attendre à Bossuet la statue que lui doit sa ville natale.

En sollicitant pour la gloire de Jacquard un monument dressé par la poésie, on vous demandait une consécration plus difficile et plus complète : on n'exige du statuaire qu'une image de l'homme extérieur, une représentation de l'œuvre ou du trait de sa vie par lesquels cet homme se recommande à la postérité. Il est possible à celui qui modèle une effigie de bronze d'ignorer ou d'oublier les détails de la physionomie morale de son héros, qui pourraient en altérer la beauté et contrarier l'admiration. Le poète est obligé de fouiller plus intimement dans la conscience du personnage. Là seulement, il trouve la vraie matière de son œuvre. Pour une renommée douteuse ou mensongère, c'est une dangereuse épreuve que d'être livrée à la poésie : la poésie pourra ce que n'a pas pu la statuaire; elle pourra montrer les difformités morales à côté de la vigueur intellectuelle; chez elle, l'ombre des blâmes ou des restrictions peut se projeter sur les éloges assez vigoureusement pour les effacer, et si l'écrivain omet ces réserves que lui commande le sens moral, il aura fait une œuvre de malhonnête homme, et la médiocrité de son œuvre l'attestera.

Si donc, Messieurs, vous avez ainsi livré la célébrité et les longues années de Jacquard au jugement sévère de la poésie, c'est que vous saviez combien ces années furent nobles et pures, combien cette renommée est légitime. L'immense valeur industrielle de sa découverte, les énormes richesses que lui doit notre ville, tout cela aurait pu expliquer l'inauguration de son image dans notre cité à ceux qui ne connaissent de lui que le métier, instrument de leur opulence. Pour vous décider à décerner un hommage littéraire à l'inventeur de cet instrument d'une industrie de luxe, les considérations *utilitaires* n'auraient pas suffi. La création de Jacquard fut quelque chose de mieux encore qu'un moyen plus actif de production industrielle : ce fut un bienfait moral; elle est née d'un pieux sentiment dans l'âme religieuse de l'inventeur. Ce cœur rempli d'une charitable commisération pour les souffrances des ouvriers, aspira d'abord à trouver un mode de tissage qui délivrât les artisans de la soierie de ces tortures qui, en entravant le développement normal de leur corps, ne pouvaient laisser intactes leur intelligence et leur moralité. C'est là le but éminemment humain, éminemment religieux, qu'a poursuivi Jacquard. L'Europe entière sait aujourd'hui s'il l'a victorieusement atteint.

Je ne viens pas remettre ici sous vos yeux l'existence pure et vénérable de ce bienfaiteur de nos populations ouvrières, et célébrer le mérite de sa découverte : j'ai hâte de laisser la parole à la poésie que vous avez chargée d'élever ce sujet à la hauteur d'un enseignement. Mais j'ai dû vous rappeler qu'avec l'homme de génie, vous avez surtout prétendu couronner l'homme de bien. L'antiquité rendit les honneurs divins aux inventeurs des premiers instruments de travail ; elle entoura d'un culte religieux les découvertes dans l'industrie et dans les arts, parce que ces découvertes avaient chez elle un principe et un but religieux. Par son amour des hommes, par sa piété, par son immense désintéressement, par la naïveté de son génie, par ce mépris si rare de la gloire et des richesses, la simple et douce figure de notre Jacquard se rattache à cette antique famille des inventeurs primitifs, dont les peuples confondaient la main avec celle de la divinité. Jacquard, cause première de tant d'opulence, voulut rester pauvre; créateur de tant d'activité industrielle, il dédaigna de tremper lui-même dans les entreprises : il livra son métier au monde, comme un sage lui livre sa parole, et demeura ce que Dieu l'avait fait, non pas un industriel et un homme d'action, mais un penseur, un artiste, un homme de rêverie et de charité.

Ce n'est pas sous des traits semblables que nous apparaissent aujourd'hui les inventeurs et les inventions : dès qu'une idée, souvent problématique, a pris assez de consistance pour faire illusion à son auteur, ou du moins à la foule, sur la fécondité de ses applications, le monopole des bénéfices est déjà organisé, un chiffre hyperbolique capitalise la valeur de la découverte, les actions se répandent sur l'aile de la réclame, et quand la science et la raison interviennent, il se trouve souvent que l'inventeur n'a rien inventé, que le créateur n'a rien créé de nouveau, si ce n'est sa propre fortune.

Notre vénération pour le génie et pour le caractère de Jacquard s'accroît tous les jours devant ces viles manœuvres de l'industrialisme. L'auteur de cette magnifique découverte, qui a enrichi déjà plusieurs générations, acceptant la plus humble médiocrité, tandis que la France, toute l'Europe, tirent des fruits merveilleux de son œuvre; le patient et laborieux inventeur s'étudiant à divulguer le magique secret qu'il a si long-temps couvé dans ses veilles, subissant le dédain et la persécution avec un sourire de charité sur les lèvres, et, comme un sage de Plutarque ou pour mieux dire comme un chrétien, vieillissant avec sérénité et sans murmure au milieu de l'oubli, je dirai presque de l'ingratitude de sa ville natale, c'est là, Messieurs, bien autre chose, et chose bien plus rare qu'un inventeur, qu'un mécanicien de génie; c'est un grand caractère, c'est une haute vertu, c'est un de ces hommes, enfin, dont l'effigie morale peut être placée sur le piédestal de la poésie et proposée en exemple, surtout à un siècle comme le nôtre.

Vous l'avez ainsi compris, Messieurs, et c'est la pensée qui vous a dirigés, quand vous avez décidé qu'un concours était ouvert devant vous pour la médaille d'or de 1000 fr. offerte par M. Matthieu de Bonafous, à la meilleure composition en vers sur Joseph-Marie Jacquard.

Malgré les incontestables difficultés de ce sujet, les poètes, ou du moins des écrivains pleins de bonnes intentions, ont répondu en grand nombre à votre appel. Trente-huit compositions vous ont été adressées. C'est là un chiffre qui se produit rarement dans un concours académique; trois mémoires seulement avaient concouru pour l'éloge en prose de Châteaubriand. Est-ce à l'attrait du sujet ou à la multiplicité des poètes qu'il faut attribuer une pareille abondance ? La question mériterait d'être étudiée, si ce grand nombre de vers n'attestait pas un peu la stérile abondance que signale Boileau. La vérité littéraire, si souvent repoussée des colonnes du feuilleton, doit trouver au moins un asile dans les rapports académiques. Aussi vous ne serez pas assez indulgents pour féliciter Lyon et la France du grand nombre de leurs poètes devant ce chiffre de trente-huit concurrents, quoique vous ayez grandement à féliciter la poésie de l'œuvre que ce concours vous offre à couronner. Il y a sans doute des traces de talent, d'heureuses pensées, de la facilité de style dans plusieurs de ces écrits; quelques-uns même ont paru à votre commission dignes d'être mentionnés honorablement à divers degrés. Cependant si la pièce éminente qui a emporté tous vos suffrages avait manqué dans cette mêlée, le prix du tournoi serait encore à conquérir.

Mais, comme dans le domaine de la poésie, le pays du monde le moins démocratique, les voix doivent être pesées et non pas comptées, il suffit d'une seule tête sacrée par le droit divin

du ta'ent pour constituer une royauté et pour porter légiti-
mement la couronne : qu'il y ait eu dans un concours poétique trente-huit concurrents ou un seul , peu importe à l'éclat
réel de ce concours; sa splendeur est tout entière dans la
pièce couronnée.

A ce titre, Messieurs, vous pouvez êtes fiers de la lutte poétique dont vous allez proclamer le vainqueur. En remontant
nos annales académiques aussi loin que notre mémoire nous
le permet, nous né trouvons rien qui en approche ; et s'il nous
est permis de le dire dans tout notre respect pour le plus illustre de nos aréopages littéraires , l'Académie Française elle-
même a été rarement appelée à juger des œuvres de poésie
comparables à celle que vous récompensez aujourd'hui.

Il n'y a pas eu dans votre commission un moment d'hé-
sitation au sujet de cette pièce ; en lisant cette œuvre hors
ligne, vous éprouverez dans votre conscience de juges, une sé-
curité aussi complète que votre satisfaction d'hommes de goût.

Votre commission a distingué trois mémoires qui, sans
avoir approché du prix, semblent mériter une mention par-
ticulière.

Ce sont :

Le mémoire inscrit sous le n° d'ordre 19, et qui porte ces
épigraphes :

> In memoriâ æternâ erit justus.   (PSALM. III.)
> Dignum laude verum musa vetat mori.   (HOR.)

Le n° 9 , désigné par ces deux vers :

> Os homini sublime dedit, cœlumque tueri
> Jussit et erectos ad sidera tollere vultus.   (OVID. METAM. I.)

Enfin , pour une mention très-honorable, le n° 24 , avec
cette inscription :

Les hommes de génie peuvent être considérés comme les enfants gâtés de la douleur. Ils éprouvent, il est vrai, de si précieuses choses dans le cœur de ce monde, ils prennent part à de telles joies, qu'ils n'appartiendraient plus à l'humanité, si la douleur ne leur réservait ses fruits les plus précieux. La couronne de laurier est un signe de douleur. (BLANC-ST-BONNET. *De la Douleur*, chap. IV.)

Le n° 19, est une biographie de Jacquard, très-exacte et très-détaillée, qui atteste chez son auteur plus de travail et de patience que de sentiment poétique et d'habitude de la langue des vers. Une certaine correction de style, l'absence de tout ce qui peut choquer le goût, l'irréprochable moralité des pensées ont engagé votre commission à mentionner honorablement ce mémoire.

Le n° 9 est sans contredit d'un esprit plus poétique, par les idées et par le style; on y remarque un certain mouvement lyrique, une inspiration plus élevée. La forme et le langage y sont plus imprégnés de poésie. Mais la facilité que décèle cet écrit, sent un peu trop l'improvisation et l'inexpérience; un peu d'enflure dans les termes y recouvre parfois quelque vague dans la pensée; la phrase poétique y manque souvent de rhythme; la mélodie et l'euphonie y sont trop souvent sacrifiées. Malgré ses défectuosités, ce mémoire, bien supérieur au n° 19, semble d'un poète capable de mieux faire, avec un peu plus de réflexion, d'étude et de travail.

Votre commission a hésité entre cette œuvre et celle qui porte le n° 24 pour la mention très-honorable qu'elle a cru devoir décerner à cause de l'importance du concours et des louables efforts des concurrents qui ont le plus approché du but. Elle s'est décidée en faveur du n° 24, composition très-étendue de même que le n° 19.

La longueur de ces deux écrits peut les rendre intéressants comme documents biographiques, mais cette masse de détails nuit à l'ensemble de la composition. Pour qu'elle n'entraînât pas un fréquent prosaïsme dans le style, il aurait fallu une série de ces tours de force dans l'expression, que les esprits les plus exercés peuvent bien soutenir pendant quelques vers, mais qui, prolongés au-delà, deviennent aussi pénibles pour le lecteur que pour l'écrivain.

Or, si le mémoire n° 24 brille par plus de coloris, de fraîcheur, de poésie enfin que le n° 19, il semble encore plus que le n° 9 être le fruit d'une improvisation trop facile et trop rapide pour produire une œuvre sagement ordonnée, et dont le style présentât les qualités nécessaires au vrai style poétique. Une œuvre de mille à douze cents vers, comme celle-ci, suppose un plan raisonné, un cadre, un intérêt d'action que l'on ne cherche pas au même degré dans une pièce lyrique de quelques strophes ; pour ne pas engendrer l'ennui, elle a besoin d'élaguer certains détails au lieu de les accumuler. Un éloge de Jacquard comportait, nous le savons, quelques-unes de ces peintures techniques qui mettent à la torture les versificateurs les plus ingénieux. C'était là une raison de faire disparaître avec plus de soin de ces tableaux les caractères de l'improvisation. Le style lâche et souvent prosaïque, qu'entraîne avec elle la rapidité du travail, est racheté dans le n° 24, par un peu plus de coloris et de sentiment que nous n'en trouvons dans celui des autres pièces dont les auteurs ont cru devoir prendre comme celui-ci la forme biographique. Cette idée dispensait, il est vrai, l'écrivain des efforts d'imagination nécessaires pour trouver un plan et un cadre original, mais elle n'en est pas moins malencontreuse ; elle exposait un poète trop prompt à se contenter en matière de style, à laisser passer des vers comme ceux-ci :

> Relieur fut d'abord sa première industrie,
> Et plus tard, il devint fondeur d'imprimerie.

Le souci de l'exactitude biographique a fait tomber souvent

l'auteur du n° 24 dans ces régions de la prose rimée, d'où s'échappe trop rarement le n° 19. Nous y trouvons cependant des passages qui attestent un véritable sentiment poétique tel que celui-ci.

> Oh! qui peindra jamais cet orageux mystère
> De votre enfance, ô vous, dont le cœur solitaire
> Couve, sans le savoir, un génie inspiré !
> Qui nous dira jamais le délire sacré
> Qui devait vous saisir, prédestinés sublimes,
> Quand, pour vous l'idéal effaçant ses abîmes
> Vous ouvrait, avant l'âge, en leur immensité
> Les champs de l'immuable et de la vérité !
> Dans ton âme, dis moi quelle voix matinale
> Chantait, Blaise Pascal, quelle force fatale
> Te poussait, quand ta main, dans une vision,
> Ebauchait à douze ans une création,
> Et que, divinateur, sans secours et sans aide,
> Tu retrouvais les lois du grand art d'Archimède ?
> Et toi, vieux Giotto ! quel ange t'inspirait
> Quand, pâtre adolescent, ton charbon crayonnait
> Les troupeaux, le beau ciel et les champs de Toscane,
> Et que Cimabuë, passant vers la cabane
> T'admirait et disait, te prenant par la main :
> Enfant, viens avec moi, tu seras grand demain ?

Il n'était pas d'ailleurs besoin d'un sentiment poétique bien raffiné pour comprendre qu'une biographie de Jacquard en vers n'était pas plus dans les conditions de la poésie que dans les termes du concours. Si le promoteur de ce concours et l'Académie qui en a formulé le programme, avaient eu l'intention de décerner un prix à la meilleure notice historique sur Jacquard, ils n'auraient pas demandé une composition en vers. Les notices biographiques existent ; l'Académie les avait depuis longtemps provoquées ; elle en a couronné une du plus haut intérêt. Ce n'est plus aujourd'hui l'histoire, c'est la poésie qui est appelée à rendre son hommage à la mémoire de l'illustre mécanicien ; elle devait le faire dans les conditions de généralité qui lui sont propres, et sans trop se préoccuper des détails personnels qui intéressent le biographe, et des détails techniques qui regardent l'ouvrier ou le savant. Nous avons dû vous présenter cette observation, parce qu'un grand nombre des concurrents a été assez mal inspiré pour entreprendre de rimer ainsi longuement la vie de Jacquard et la description de son métier. La peinture de ce métier, le portrait de Jacquard, tout cela devait se trouver dans l'œuvre que vous demandiez, mais non pas à l'état de procès-verbal et d'inventaire. La poésie peut tout décrire, elle peut tout dire, à la condition d'employer sa langue à elle ; et peu d'écrivains possèdent cette langue, même parmi ceux qui savent tourner un vers avec une apparente habileté.

Dans ce concours pour un éloge poétique, vous deviez donc rechercher avant tout la poésie, la poésie dans la pensée et dans le style. Célébrer l'invention de Jacquard dans ce qu'elle a de particulier et de personnel, c'était dans la nécessité du sujet comme dans les termes du programme : mais il fallait un vrai poète autant qu'un ingénieux écrivain, pour élever tous ces détails à la dignité de la poésie.

Sans doute, la poésie n'est pas absente de l'œuvre n° 24 ; elle s'y révèle par une certaine fraîcheur de coloris, par le mouvement du style, par la pureté des sentiments. L'amour ardent du bien, les croyances élevées qu'atteste cet écrit, qui, pour manquer d'originalité, n'en présente pas moins des grâces réelles, l'éloquence vive et sincère de plusieurs passages, ont engagé votre commission à vous proposer de décerner à ce mémoire une mention très-honorable.

Mais si, dans les trois pièces mentionnées, votre commission a trouvé beaucoup à louer et surtout beaucoup à espérer, la splendeur réelle de ce concours est dans l'œuvre qu'elle a si unanimement jugée digne de la couronne.

C'est le mémoire inscrit sous le n° 25, et portant cette épigraphe : *Virtute duce, non comite fortuna.*

Pour un aussi sérieux travail, la médaille d'or offerte par la munificence de M. Matthieu de Bonafous, n'est qu'une juste rémunération.

Il est, Messieurs, une poésie fluide qui suit le courant de la plume, et qui entraîne sans choix au hasard de leur venue, les pensées, les images, les tours de phrases. Sous la main heureuse et rapide de ces écrivains trop facilement satisfaits, une composition peut s'étendre sans cadre, sans limites, sans contours arrêtés; non pas comme un torrent ou comme un fleuve, mais comme un étang qui déborde en pays plat. Il se dépense quelquefois du talent dans ces rimes débordées, dont la réflexion, le vrai sentiment de l'art et une raison supérieure, ne règlent pas l'aventureuse prolixité. Mais jamais une œuvre complète et solide n'est sortie de cette facilité trompeuse. Le bonheur d'une expression trouvée, la mélodie banale d'un rhythme qui n'offense jamais l'oreille parce qu'il manque toujours d'accent, tout cela peut faire illusion aux esprits inattentifs, mais aussi leur faire prendre en dédain le charme tout superficiel dont ils se laissent bercer par cette apparente poésie. Cette effervescence de paroles rimées, agréable souvent, n'en résonne pas moins, comme une calomnie perpétuelle contre l'art du véritable poète. C'est à la mesure de ces productions subversives de tout style et de toute pensée sérieuse, que les gens du monde, un peu flattés de cette littérature, et les savants mêmes ont inventé, pour l'appliquer à l'art des vers, cette qualification de *délassement agréable*, qui vient si souvent sur leurs lèvres complimenter de son ironie le labeur d'un écrivain. Si la science avait des instruments pour mesurer l'intensité de l'énergie vitale et l'effort intellectuel, nous saurions combien de journées des plus hautes opérations du laboratoire ou du comptoir sont nécessaires, pour représenter en sueurs du corps et de l'âme, en vitalité consumée, une seule heure des délassements qui ont produit Athalie et le Misanthrope.

Il est sans doute, dans tous les arts, des productions faciles, des esprits heureux et légers qui se laissent diriger par leur plume ou leur pinceau, et qui obéissent aux exigences de la forme, au lieu de lui commander. Ces artistes improvisateurs, ces poètes qui écrivent sans avoir composé, doivent, en effet, rarement éprouver la lassitude, et on peut contester à leur œuvre le noble mérite du travail, de l'effort, de la douleur, châtiment et grandeur de l'esprit humain. La nécessité de composer son poème, d'en méditer le plan et la pensée avant de mettre la main à la plume, de chercher, de choisir, de fouiller dans les entrailles de la pensée et du langage, cette loi de tout écrit vigoureux et magistral, est méconnue, surtout des jeunes écrivains. La plupart des mémoires qui vous ont été présentés, portent ces traces de la jeunesse et de l'inexpérience.

C'est à un ordre plus sérieux, c'est à la classe des écrivains qui méditent et qui savent laborieusement préparer au lecteur un plaisir facile, qu'appartient le poème signalé par la commission à vos suffrages.

Le plan est conçu dans de justes proportions, enfermé dans un cadre bien choisi. Ce n'est là ni une biographie de douze cents vers, ni un compliment agencé dans les quatorze vers d'un sonnet, comme il en est quelques-uns parmi les trente-huit poèmes envoyés au concours.

La difficulté principale du sujet, celle d'être suffisamment technique et de rester poète en parlant du métier à tisser, a été surmontée, par l'auteur du n° 25, avec un bonheur qui fait sur ce point, de son poème, un véritable chef-d'œuvre d'imagination et de souplesse de style. La figure de l'inventeur, la noble personnalité de Jacquard ne s'y perd point, comme dans un grand nombre d'autres pièces, en de vagues tableaux du génie de l'homme et des développements de l'industrie : Jacquard y respire tout entier, et cependant l'écrit n'est surchargé d'aucun de ces détails biographiques étrangers à la véritable action du poème, et qui donnent à tant d'autres mémoires leur stérile longueur. La couleur locale et lyonnaise dans les mœurs, dans le paysage même de notre ville, y brille en traits d'un pittoresque saisissant, condensés par la plus savante sobriété. Des considérations morales, aussi élevées qu'irréprochables, attestent le penseur sous le poète, et plus d'un vers en provoquant l'attendrissement, atteste une âme émue derrière cette intelligence d'écrivain, si vive, si souple, si ingénieuse.

Nous n'essayons pas, Messieurs, de faire ressortir tous les mérites de détail qui font de ce mémoire une œuvre si éminente d'imagination et d'excellent style poétique. Le poème tout entier passera sous vos yeux, et les beaux vers plaideront plus éloquemment que notre rapport en faveur de la couronne qui leur est destinée. Nous ne doutons pas d'ailleurs que réveillée par un suffrage imposant comme le vôtre, la publicité qui attend l'écrit victorieux au sortir de cette enceinte, n'ajoute au prix de cette victoire si méritée l'éclat d'un succès qui dépassera la sphère de notre ville, pour avoir, dans le monde littéraire le plus élevé, son retentissement et sa consécration.

Votre commission vous propose donc, Messieurs, d'accorder une mention honorable au mémoire n° 19, portant pour épigraphe : *In memoriâ œternâ erit justus. Dignum laude virum musa vetat mori.*

Une autre mention honorable au mémoire n° 9, épigraphe : *Os homini sublime dedit, cœlumque tueri jussit, et erectos ad sidera tollere vultus.*

Une mention très-honorable au mémoire n° 24, portant pour suscription : *Les hommes de génie peuvent être considérés, etc...*

Enfin, Messieurs, la commission vous demande de décerner, avec un témoignage de votre haute satisfaction, la médaille d'or de mille francs offerte par M. de Bonafous à l'auteur du mémoire n° 25, portant pour épigraphe : *Virtute duce, non comite fortuna.*

Lyon. — IMPR. F. DUMOULIN, rue Centrale, 20.

www.ingramcontent.com/pod-product-compliance
Lightning Source LLC
LaVergne TN
LVHW010243030726
842520LV00007B/2715